KB108760

전종문의 이야기가 있는 詩 ❸

조금만 쉬었다 가세

전종문의 이야기가 있는 詩 ❸
조금만 쉬었다 가세

발행일   2017년 8월 4일

지은이   전 종 문
펴낸이   손 형 국
펴낸곳   (주)북랩
편집인   선일영   편집   이종무, 권혁신, 이소현, 송재병, 최예은
디자인   이현수, 이정아, 김민하, 한수희   제작   박기성, 황동현, 구성우
마케팅   김회란, 박진관, 김한결
출판등록 2004. 12. 1(제2012-000051호)
주소   서울시 금천구 가산디지털 1로 168, 우림라이온스밸리 B동 B113, 114호
홈페이지 www.book.co.kr
전화번호 (02)2026-5777   팩스   (02)2026-5747

ISBN   979-11-5987-704-9 04810(종이책)   979-11-5987-705-6 05810(전자책)
         979-11-5987-687-5 04810(세트)

이 도서의 국립중앙도서관 출판예정도서목록(CIP)은 서지정보유통지원시스템 홈페이지(http://seoji.
nl.go.kr)와 국가자료공동목록시스템(http://www.nl.go.kr/kolisnet)에서 이용하실 수 있습니다.
(CIP제어번호 : CIP2017018776)

(주)북랩 성공출판의 파트너
북랩 홈페이지와 패밀리 사이트에서 다양한 출판 솔루션을 만나 보세요!
홈페이지 book.co.kr • **블로그** blog.naver.com/essaybook • **원고모집** book@book.co.kr

조금만
쉬었다
가세

전종문의 이야기가 있는 詩 ❸

북랩 book Lab

알량한 시인의 잡동사니 이야기

나는 시인(詩人)이요, 수필가라는 이름을 얻었다. 물론 내가 시인이요, 수필가라는 이름을 얻었다는 것은 문예지의 등단 과정을 밟았다는 사실과 무관한 것은 아니지만 나는 그것을 자격 취득으로 생각지는 않는다. 글은 누구나 쓸 수 있는 게 아닌가.

스스로 생각해도 내가 글을 잘 쓰는 사람은 아니다. 그냥 글을 읽는 게 좋고, 글을 생각하며 시를 짓는 시간이 즐겁다. 그러면 시인이요, 작가가 아닌가. 나는 나와 같은 이런 문필가들이 우리 사회에 많았으면 좋겠다는 생각을 한다. 그냥 시와 생활하고 즐기는 작가들 말이다.

내 선친(先親)께서 하신 말씀이 있다. 미친 사람도 하루 종일 씨부렁대다 보면 그 속에 한마디라도 옳은 말이 들어 있는 법이라고. 나는 재주가 없어서 나 자신을 알량한 시인이라고 지칭한다. 그래서 그렇겠지만 내가 생각해도 내 글이 심오하지 않다.

이 책에서도 그렇고 그런, 내 주변에서 경험한 시시콜콜한 얘기를 썼다. 그런 글을 왜 썼느냐고 묻는다면 부끄럽지만 제 선친께서 내게 해 주신 말씀으로 변명할 수밖에 없다. 그냥 한마디라도 유익이 있었으면 하는 아슬아슬한 마음.

다 아시는 얘기지만 글의 소재는 따로 있는 게 아니다. 우주의 삼라만상(森羅萬象), 세상의 우수마발(牛溲馬勃), 모든 사상, 모든 생각, 모든 사건, 심지어 현실에 없는 상상의 세계나 소망하는 가치가 모두 글의 재료다. 그리고 그것들을 문자라는 매개체로 아름답고 운율에 맞게 지어져 자신뿐 아니라 다른 사람을 감동시키면 작품이 되고 시가 된다. 그래서 소수의 사람에게라도 정서 안정에 도움이 되고, 잠시라도 그들에게 정신적 기쁨을 주면 만족한다. 의미를 거기에 두고 나도 이 글을 썼다.

한 제목의 글에 산문과 운문이 섞였다. 시를 설명하기 위해서 산문을 쓰기도 했고 이야기를 쓰고 나서 이걸 시로 만들면 어떨까 해서 시 형식을 갖추어 내놓기도 했다. 이래저래 어설프기는 마찬가지다.

살다 보면 때로 심심하고 무료할 때가 있지 않은가. 그때 읽으면 될 것 같다. 이 책을 읽어주시는 모든 분에게 평안이 있기를 빈다. 나는 그분들에게 지금 매우 감사하다. 미리 감사의 말씀을 드린다.

2017년 8월

魚隱　田鍾文

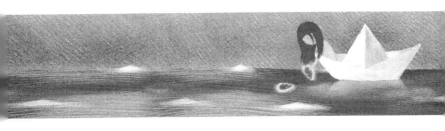

· 머리말 _04

전종문의 이야기가 있는 詩 ❸
조금만 쉬었다 가세

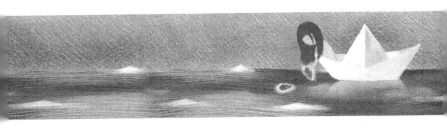

조금만
쉬었다
가세

참아야 한다

예전엔 시집가는 딸에게 어머니는 가르쳤다. "벙어리로 3년, 귀머거리로 3년, 소경으로 3년을 견디어라." 오래 참으라는 뜻이었고 그러면 아무리 매운 시집살이도 이겨낼 수 있다는 뜻이었다. 거기에다 아버지는 "이제 그 집 귀신이 되어야 한다"고 엄하게 가르쳐 보냈다. 시집 풍습 따라서 순종하며 살고, 행여 친정 생각은 하지도 말라고 했다. 편지질도 해서 안 된다고 심지어 글도 가르치지 않고 보내기도 했다.

숫제 인연을 끊는 듯한 매정스러운 이별이 결혼이었다. 그래서 예전엔 칠거지악에 걸려 쫓겨나는 일은 간혹 있었어도 이혼은 없었다. 이혼을 집안 망신으로 여기던 시절이었다.

그러나 지금 시집가는 딸에게 이런 이야기를 들려주면 어떤 반응이 올까. 펄쩍 뛸 것이다. 세월도 많이 흘렀고 윤리도 많이 변했다. 그래서 전에 그렇게 부끄럽게 여겼던 이혼이 이제는 다반사로 일어난다. 살아야 할 날이 얼마 남지 않은 노부부도 아무렇지 않게 이혼을 한다. 왜 조금만 참으시지, 얼마나 살겠다고 헤어지느냐고 물으면 지금까지 참고 살아온 것도 억울하고 지긋지긋하다며 이제 조금이라도 편하게 살고 싶다고 한다. 이쯤 되면 용기 있는 결단이라고 오히려 박수를 쳐 주어야 하는 것 아닌가.

성경은 이혼을 권장하지 않는다. 오래 참음을 성령의 열매라고 한다. 항간에는 참을 인(忍) 자가 셋이면 살인도 면한다는 말도 있다. 예수님은 자신을 체포하러 온 무리 중에 대제사장의 종이었던 말고의 귀를 칼로 쳐 떨어트린 베드로에게 칼을 쓰는 자는 칼로 망한다는 말씀과 함께 "이것까지 참으라"고 하시면서 말고의 귀를 다시 붙여 주셨다. '참는 것도 한계가 있지, 정말 이것은 도무지 참을 수 없다'고 하는 그것까지도 참으란 뜻이다.

　나도 개인적으로 성경의 말씀처럼 참으라고 가르치고 권하지만 이혼한 사람의 사정을 듣다 보면 어쩔 수 없었겠구나 하는 동정심이 드는 경우가 있다. 아, 어쩌란 말인가!

　　하나님이 짝지어 주셨음을 믿는다면

　　사람이 나누지 못할지니(마19:6)

　　참아야 한다

　　헤어지면 안 된다는 절대적 전제 아래서

　　참아야 한다

　　음행한 이유가 아니라면(마19:9)

다른 어떤 시도가 먹혀들지 않을 때도

힘들다고, 답답하다고, 하소연하지 마라

참는 길밖에 없다

참다가 지치고

심지어 속이 터져 죽는 한이 있더라도

참아야 한다

사랑이라는 이름으로

그 거룩한 사랑의 이름으로

정말 참아야 하는가?

- 참아야 한다 -

참아야 한다

사진 남겨놓고 가지 마세요

자식 놈들이 나 죽으면

돈은 안 남겨놓고

쓸데없는 것만 잔뜩 남겨 놓았다고

한자리에서 불 쳐지를 것

내가 평생을 다니며 기념이라고 남겨 놓은

아기자기한 추억도

저들에겐 한낱 쓸데없는 것

사진 남겨놓고 가지 마세요

나도 모르게 찍힌

나보다 먼저 가 있을

내 평생 걸어온 추억

그 나라에서 보게 될

하나님이 찍어놓으신 파노라마

그 사진들을 생각하며 사세요

– 사진 남겨놓고 가지 마세요 –

아무리 아름다운 경치나 고색창연한 고적도 관람하고 시간
이 지나면 잊어먹는다. 그래도 사진이라도 남아 있으면 무료한
날 펴놓고 옛 생각을 하면서 한나절을 능히 보낼 수 있다. 그래
서 "사진밖에 남는 것 없어" 하면서 여기저기에 얼굴 디밀고 사

진을 찍어 둔다.

그러나 그것들의 분량이 나중엔 주체하기 곤란하게 많아진다. 이걸 어떻게 하나? 두고 가봐야 자식들에겐 아무 소용이 없다. 자식들이 그 사진에서 무슨 감회라도 느끼겠는가. 결국, 아무 쓸데 없는 두통거리가 되고 만다.

오늘날 자식들은 부모가 남겨놓은 사진들을 보면서 돈은 남겨놓지 않고 쓸데없는 것만 잔뜩 남겨 놓았다고 투덜거리며 불속에 던져버린다고 하지 않는가. 사진은 한 장이면 족하다.

사진이라면 한 장으로 족하오니

영정사진

그것도 장례식 때 한 번 사용할

영정사진 한 장

사진밖에 남는 것 없더라고

늙으면 추억으로 사는 것이라고

여기저기에 디밀었던 얼굴

고스란히 모아진 족적

그 추억을 알지 못하는 사람들과

공유하자고 남겨놓는 건 곤욕을 치르게 하는 것

내 추억이 무슨 소용이라더냐

나 떠나면 다 떠나는 것

두고 갈 일 없네

내가 섬겼던 분

나를 믿어주셨던

·

내 가슴에 그분만 있으면

족하오니

심령에 새겨진 사진 한 장

그 사진 품고 살려네

그 사진 품고 가려네

- 사진 한 장 -

조금만 더 쉬었다 가세

　사람의 죽고 사는 것은 하늘의 뜻이다. 내가 태어나고 싶어서 태어나지 않았으니 내가 죽는 것도 내 소관이 아니다. 그런 의미에서 생각하면 사람이 죽는 것도 자연스러운 현상일 뿐이다. 그러나 죽음을 아무렇지 않게 받아들일 수 있는 사람이 과연 얼마나 될까?

　나이가 조금씩 늘어가면서 주변의 사람들이 하나둘 떠나는 것이 예사롭게 느껴지지 않는다. 특별히 가까운 친구가 서둘러 떠나는 것을 보면 아쉽다. 조금 더 있다 가도 누가 뭐랄 사람 없는데 무엇이 그렇게 급해서 떠나는가.

어려서부터 죽어라 공부하고, 죽어라 일하고, 이제 조금 쉬어
도 될 나이에 힘 떨어지고, 고칠 수 없는 질병에 시달리고, 그러
다 어느 날 떠난다. 그게 인생이라 하지만 이 땅에서 맺은 인연
도 인연인 만큼 생각하면 아쉽다. 붙들어 둘 수 없는 우리의 나
약함, 멈추게 할 수 없는 세월, 되돌릴 수 없는 지난날. 참으로
인생은 허약하고 무능하다.

친구들이여

험한 세상 함께 걸어온 친구들이여

서두르지들 말게나

뻔히 알면서

한 번 가면 다시 오지 못하는 걸

친구들이여, 왜 그리 서둘러들 가는가

쓴맛 단맛 다 보았으면 이제 좀 쉬자고

산전수전 다 겪었으면 이제 그만 여유도 갖자고

이 처지에

하릴없이 평상에 앉아 옛날 얘기 좀 나눈다고

사랑방에 누워 게으름 피우며

자식놈, 손자 녀석들 자랑 좀 한다고

그걸 누가 흠이라고 하겠는가

이 나이에

해 뜨면 나무 그늘에서 늘어지게 낮잠도 자고

달 뜨면 하늘 바라보며

흘러간 유행가도 불러보고

그걸 누가 탓이라도 하겠는가

저녁놀이 벌겋게 타는구먼

새들도 집에 들어가 날개 접을 시간

그래도 서두르지 말게나

서툰 솜씨지만 팔 뻗어 춤도 추고

박자 어긋나지만 목청 돋우어 노래도 하면서

조금만 더 쉬었다 가세

별이 뜨려면 아직은 이른 시간 아닌가

- 조금만 더 쉬었다 가세 -

알량한 시인의 고통

다음의 내 글을 쓰기 전에 먼저 작문의 이론을 먼저 하나 전개해야 하겠다. 작문의 이론이라고 해서 무슨 대단한 내용을 말씀드리려 하는 게 아니다. 이미 잘 알려진 것이어서 진부하다고 해야 맞다. 그럼에도 작문에는 기초가 되는 이론이기 때문에 그냥 넘어갈 수는 없는 노릇이다.

좋은 글을 쓰고 싶다는 욕구는 글을 쓰는 사람에겐 누구나 있지만 쉽지는 않다. 좋은 글을 쓰기 위해서는 반드시 다음 두 가지 요소가 잘 갖추어져야만 한다. 그 하나는 내용이다. 무엇을 쓰느냐 하는 것이다. 이걸 흔히 작가의 인생관이라 하기도 한다. 내용이 빈약하거나 나쁜 글이 좋은 글일 수 없다. 다음

요소는 형식이다. 내용을 어떻게 표현했느냐 하는 것이다. 아무리 좋은 사상도 잘 나타내지 못하면 좋은 글이 될 수 없다. 그래서 좋은 글을 쓰려면 먼저 마음을 닦아서 좋은 사상가가 되어야 하고 그 사상을 꾸미기 위해서 언어와 문장과 수사법 등을 공부해야 한다.

우리의 수필 이론 중에 우리에게 좋은 영향도 주고 또 나쁜 영향도 함께 준 게 있다. 수필은 '붓 가는 대로 쓰는 글'이라는 이론이다. 사실은 제재(題材)나 형식(形式)에 구애받지 않고 자유스럽게 쓴다는 뜻이겠지만 어디 붓 가는 대로 마구 써서 좋은 글이 되겠는가? 시나 소설이나 희곡이나 논설문처럼 기승전결(起承轉結)이나 서론, 본론, 결론이 뚜렷하게 드러나지 않는다 할지라도 형식이 없어서 어떻게 좋은 글이 되겠는가? 그래서 수필이 아무나 쓰는 것으로 매도되고 잡문(雜文)이라는 취급도 받았다.

여기에서 수필이 그렇게 아무나, 붓 가는 대로 쓰는 글이 아니라 나름대로 형식이 있는 것이라고 하여 이름했는데 그것이 '무형식의 형식'이라는 말이다. 진정 수필이 수필다우려면 고정적인 것이 아닌 어떤 내밀한 구성과 형식이 있어야 하고 정확한 문법과 미적 표현이 수반되어야 하는 것이다.

작가는 그래서 부단히 노력하지 않으면 안 된다. 흥미 있는 글을 위하여, 바른 정신을 나타내기 위하여, 독자들의 정서를 자극하기 위하여, 정확한 문장과 표현을 하려고 때로 밤을 새워야 한다.

특별히 비유와 상징이 많은 운문일 경우 언어는 압축하면서 의미는 깊게 해야 하는 숙제가 있다. 단어 하나하나가 가지고 있는 이미지가 달라서 적확한 시어(詩語)를 찾으려고 애를 쓰게 된다. 굳이 플로벨의 일물일어설(一物一語說)까지 이야기할 건 없다고 하더라고 적확한 언어와 표현을 찾고 참신하게 하기 위해서는 작문이 결코 쉬운 작업은 아니다.

그러니 얄량한 사람은 얼마나 더 어렵겠는가? 듣고 본 풍월
이 조금은 있다 보니까 남의 좋은 글을 나름대로 평가하면서
나도 그에 버금가는 글이라도 써야지 하는 욕심이 생기기 마련
이다.

나는 글을 쓰면서, 또는 퇴고를 하면서 시어(詩語) 하나 찾는
것이 평생 살아야 할 배우자 찾기보다 어려움을 느낄 때가 많
다. 그래서 그 고뇌를 이렇게 또 어쭙잖게 내놓았다.

평생을 같이 살아야 한다면

아무나 선택할 순 없지

그 마음으로 색싯감을 찾듯

너를 찾는다

요염하게 찾아온 여인 떠밀어내고

촌티 나는 여인도 쫓아내고

밤새도록 수많은 여인에게 시달리다

이 정도면 되겠지

그 하나를 만나기 위해서

밤을 꼬박 새우다시피 했다

아침에 부스스 일어나

옆자리에 뉘었던 여인을 본다

아니다, 어제의 그 고왔던 여인이 아니다

몰인정하게 버리고 다시 찾아 나서는 시인

여인은 많아도

신붓감 찾기는 어렵다

- 시인의 아픔 -

이렇게 고생을 해서 글을 완성하면 그러면 다 되었는가. 그것을 내보내는 마음은 마치 자식 낳아서 시집보내는 마음이다. 이미 떠나면 남들의 것이 된다. 칭찬을 받을지, 구박을 받을지. 나는 깜냥에 잘 된 것 같지만 어디 세상의 평가가 나와 같은가? 야박하기가 짝이 없다. 그래서 이 알량한 시인은 한 편의 글을 발표하는 마음을 또 이렇게 썼다.

분명히 너는 내가 낳았다

깊은 밤, 또는 오솔길이나 바닷가에서

홀로 남은 고뇌의 시간에

골격을 만들고 살을 붙였다, 떼었다를 반복하면서

네 키를 겨냥하고 몸무게를 달아보면서

그 위에 옷을 입혔다

어떤 옷이어야 하느냐, 어떤 색이 어울리느냐를
  고민하는 동안

밤이 깊었고 날이 새는 경우도 많았다

고백하지만 그 지루하리만큼 긴 시간

나는 새로운 생명을 탄생시킨다는 보람에 기쁨
  이 충만했다

조금도 귀찮지도, 지루하지 않았다는 것은 꼭
  말해주고 싶다

나는 너를 사랑한다

사랑할 수밖에 없도록 너는 나에게 고통과 기대
  를 주었다

누가 뭐라고 해도 나에겐 네가 소중하고 예쁘다

그러나 세상이 다 내 맘 같더냐

남의 말 하기 좋아하는 세상

너는 그 세상으로 나가야 한다

거기서 너는 시달림을 받을 각오를 하는 게 좋다

정당한 평가를 무조건 귀찮아해서도 안 된다

사랑하는 내 외로운 자식아

네가 사람들로부터 구박을 당하고 외면을 당해도

다시 내게로 찾아오지도 못하고

은장도를 꺼내 자결도 못 하고

이 사람, 저 사람의 발에 채이다가 결국은 잊혀

　버릴 신세가 된다면

차라리 낳지 말아야 하는데

낳았더라도 세상에 내보내지 말았어야 하는데

어디 사람의 욕심이 그렇더냐

낳고 싶고, 더 낳고 싶고, 더 예쁘게 낳고 싶은
  욕망

누가 너를 주워다 새 옷을 입힐 수도 없는 차가운
  세상

천덕꾸러기는 되지 말라고 두 손 모아 빌면서
  내보내는 마음을 네가 알겠니

부탁한다, 너를 고아처럼 내보내며 너를 향한
  내 마지막 부탁

욕심내지 말거라

누가 구박하고 멸시해도 운명이려니 하고 참으
  면서

단 한 사람이라도 너를 귀여워 해주면 족하게
  여기거라

그리고 최선을 다하여 그에게 친절을 베풀며 그

  가슴에 오래 감동으로 머물거라

여러 날을 너를 낳기 위해 씨름하고 이제 세상

  에 내보내는 마음이 이렇구나

부디 사랑받는 자가 되거라

                           - 너를 내보내며 -

쌓이는 책

책이 모아진다. 얼마나 좋은 현상인가. 읽고 싶어도 없어서 읽지 못했던 시절을 경험한 나로서는 이런 축복이 어디 있는가. 요즘은 사서 읽는 책보다 보내주는 책이 더 많다. 내 전공보다 비전공 책을 더 읽게 된다. 이래도 되는가, 걱정도 하면서 읽는데 그마저도 시원찮다. 읽지 못하고 쌓아지는 게 더 많다. 물론 언젠가 읽어야 하겠다는 다짐은 한다. 그러나 그 다짐을 지키기 전에 다른 책에 의해서 무산되기가 일쑤다.

문제는 책들이 야금야금 내 생활 공간을 점령해서 그러잖아도 좁은 공간을 더욱 비좁게 만들어 놓는다는 것이다. 그렇다고 책을 버릴 수 있는가. 책에 대한 애착 때문에 별 도움이 안 되는 책도 언젠가는 필요하겠지 하는 맘으로 일단 놓아두는 것이 내 성품이 되어 버렸는데. 알고 보면 다 쓸데없는 짓이고 내가 속고 있는 것이다.

그럼에도 책을 많이 못 읽는 것에 대하여 왜 그리 변명과 핑계는 많은지. 바쁘다 보니까 책 읽을 시간도 없다는 것은 내가 생각해도 맞는 말이긴 하지만 그렇다고 언제 한가한 시간 내서 책을 읽을 것인가.

내 경험으로는 절대로 한가하기 때문에 책을 더 많이 읽지는 못했다. 오히려 바쁜 중에 틈틈이 읽은 게 더 많았고 유익했다. 그러므로 지금도 가끔씩 은퇴한 뒤에 한가하게 그동안 읽지 못했던 벌충을 하면서 세월을 보내겠다는 생각은 하지만 그게 실행될까는 여전히 의문이다. 책 읽는 것도 노동인데 체력적으로나 환경적으로 가능할까. 그때는 그때대로 바쁘지 않겠는가.

아무튼, 머리로 들어가는 것 없이 이미 들어있는 것으로만 지식인 행세를 한다는 것은 얼마나 어리석은 일인가. 자책하지 않을 수 없다.

모아진다

쌓인다

차곡차곡 쌓여

내 공간을 야금야금 갉아먹는 자벌레

읽으라고 쓴

읽어보라고 보내온

읽겠다고 구입한

책, 책, 책

아쉽던 시절 생각하면

부자 부럽지 않지만

다 읽지 못 하는 미안함

언젠가는 읽으리라

반드시 읽으리라

되뇌이며

아까워 버리지 못 하고

다짐과 욕심으로 더욱 쌓여가는 책들

만든 정성

나타낸 생각

외면하고

시간 없어서 못 읽었노라

넘쳐서 힘드노라

적당히 핑계 대며

게으름 피우는 동안

텅 빈 머리에 먼지 쌓이는 소리

- 쌓이는 책 -

시인의 자조(自嘲)

설사병 들린 아이의 똥구멍에서

비적비적 새어 나온

구린내 듬뿍 묻은

그런 걸 시(詩)라고 해도 되남

너무 술술 나오는 게 수상터라

컹컹컹

한밤에 짖어대는 개소리는 힘차기라도 하지

차라리

저물어가는 계절을 아쉬워하는

섬돌 밑에서 들려오는

벌레 소리나 들으며 잠들어야겠다

서글프다

이 단어 하나 써놓고

- 시인의 자조(自嘲) -

   시(詩)가 쉽게 써질 때가 있다. 나중에 읽어보면 태작(駄作)이다. 내 글에 내가 실망할 때가 많다. 세상에는 좋은 글도 많은데 이런 것도 글이라고 내놓아야 하는가. 세상에 쓰레기가 부족해서 이런 걸 더 보태야 하는가 하는 자괴감이 들 때도 있다. 차라리 시인이라는 이름이나 붙지 않았더라면 좋았을 것을.

그러면서도 자꾸 쓰고 싶어지는 심사는 무엇인가. 시인도 조금은 미쳐야 하는가 보다. 부끄러움도 때로는 감수해야 하나 보다. 시인은 냉철하면서도 자기 글에 관대할 줄 아는, 조금은 덜 떨어져야 하는가. 되지 못한 글도 넉살 좋게 내놓아야 하는가. 그것을 용기라 하는가, 오만이라 하는가.

왜 시를 쓰는가?

나는 시상(詩想)이 떠오르면 시를 쓴다. 왜 쓰는가. 나도 모르
겠다. 그냥이라고 하면 무책임하지만 그래도 그냥 좋아서 쓴다.
그래서일까, 스스로 생각해도 만들어진 시가 작품으로 어쭙잖다.

시를 쓰는데 특별한 시간이 정해져 있지 않다. 언제든 매우
자유스럽게 쓴다. 그런데 그 자유스러운 작업 때문에 곤욕을
치를 때가 많다. 단어 하나 때문에 고민도 하고 애를 쓰기도 한
다. 왜 그런 생고생을 할까? 그리고 왜 그것 때문에 행복하기도
할까? 다른 것은 몰라도 나는 여전히 어쭙잖은 시를 쓰면서 나
자신이 먼저 순수해지는 듯한 느낌을 받는다. 쓸 수밖에 없다.

시인의 사랑은 뜨겁다

수많은 언어 중에

그 하나를 찾기 위해서

잠을 설치고 밤을 지샌다

그 하나를 사모하는 용광로

그 하나를 목말라 하는 순례자

언어는 자주 시인을 배신한다

때로 섬광처럼 떠오르는 언어

곱게 단장하고 나타나는 언어

하루 지나고 지워 버리는 일이 얼마나 많은가

자주 속으면서도

사랑해야 하는 시인

그래도 찾아내야 하는 아픔

새로 만들어내야 하는 고독

시인의 사랑은 아픔이다

끝없는 고독이다

쓴 커피 맛이다

- 시인의 사랑 -

시를 쓰자

2017년 4월 8일에 돌아가신 황금찬 시인은 향년 99세였다. 내가 그분과의 인연은 깊지 않았지만, 기독 문인들 앞에서 문학 강의를 하실 때 들은 내용 중에 일부는 기억하고 있다.

구약시대에 가장 탁월한 시인이 다윗이라면 신약시대의 최고의 시인은 예수님이라 했다. 그분의 이론에 의하면 예수님이 구사한 비유나 상징과 같은 표현은 수사학적으로 대단할 뿐 아니라 그의 작품으로 산상수훈, 그 중의 마태복음 5장에 나오는 8복에 대한 글은 인류의 최고의 시가 될 것이라고 극찬했다.

선생님은 우리에게 '절대적인 언어'를 써야 한다고 했다. 예수님은 당시 아무도 쓸 수 없었던 "달리다굼!", "에바다!"와 같은 절대어를 쓰셨는데 그 언어는 기적을 일으켰다고 했다. 말하자면 아무도 쓸 수 없는 독특한 언어, 그 말을 선생님은 '절대적 언어'라고 표현했던 것이다. 나는 시를 쓰면서 선생님의 그 말씀을 생각한다.

총신대학원에서 신약학을 강의하셨던 신성종 교수님과 방향이 같아서 잠시 지하철을 같이 타고 가면서 대화를 나눈 일이 있었다. 교수님은 목사라면 누구나 시를 써야 한다고 했다. 잘 쓰고 못 쓰고는 다른 차원이고 목회자는 성경을 가르치는 사람으로 시에 대한 이해가 있어야 한다고 했다.

그분의 지론에 의하면 구약성경이 시가서 말고도 많은 부분이 시의 형식을 사용하고 있는데 시를 이해하지 못해서 되겠느냐는 것이었다. 하긴 하나님께서 당신의 뜻을 인간에게 주실 때 언어라는 그릇에 담아 주셨고 그 형식이 문학적인데 문학을 모르는 것보다 아는 게 훨씬 말씀을 이해하고 전파하는데 유리 하지 않겠는가. 더구나 성경은 시와 찬미와 신령한 노래로 하나 님을 찬양하라고 권하고 있다.

　나는 재주가 많지는 않지만 그래도 시를 쓴다는 것이 한없이 기쁘고 감사하다. 몇 가지 이유를 든다면 첫째는 나 스스로에 게 순수한 정서를 제공해 준다는 점이다. 시를 쓰고 감상하고 퇴고하면서 마음이 맑아지는 것을 나는 자주 느낀다. 둘째는 성경을 배우고 전하면서 그 내용의 깊이는 말할 것 없지만, 형 식의 아름다움에도 감탄하게 된다. 셋째는 성도의 신앙 성숙을 꾀하면서 문학은 기초적인 정서에 많은 기여를 할 수 있다고 믿 기 때문이다. 그래서 더욱 시를 쓰자고 권하게 된다.

시어(詩語) 하나를 찾기 위하여

고뇌하는 나의 시간은

두려움과 결별한 시간

염려와 근심이 떠나간 시간

명예를 꾀하는 일보다

부유를 꿈꾸는 시간보다

행복하다

찬송과 신령한 노래를 부르며

시(詩)를 붙잡고 있는 날이면

내 마음의 정원에

비둘기 두어 쌍이 내려앉는다

봄볕이 가득히 내리는

오전 열 시쯤이 된다

049
·
시를 쓰자

그대여, 행복하려면

시를 쓰자

시를 지어 즐거이 그를 노래하자_(시95:2)

불행치 않으려면

- 시와 함께하는 행복 -

멀미

열 달을 채우지 못하고

태어났는가, 나는

차만 타면 어지럽다

머리가 무거워지면서

구토가 나고

속이 허하면 더욱 울렁거리는데

세상은 눈앞에서 빙빙 돈다

세상이 이런 곳이란 걸

모르면 모르는 대로 살 수 있으련만

굳이

차만 타면 깨달으라 한다

진리의 혼돈으로 세상은 어지럽고

불의의 횡행으로 사고(思考)도 혼란하다

머리가 아픈 것은 부조리의 탓

비겁하고 야비한 세상이 구토를 일으킨다고

나를 낳은 어머니여

나를 받은 세상이여

내가 열 달을 채우지 못하고 나왔는가

열 달을 넘겨 나왔는가

차만 타면 어지럼증

세상을 깨달으라 한다

차라리 눈 감고 오지 않는 잠을 청한다

- 멀미 -

　나는 어려서 이래로 멀미 때문에 고생을 한다. 지하철이나 열차를 타면 괜찮다. 승용차나 버스를 타면 여지없이 머리가 어지럽고, 심하면 가슴이 울렁거리며 구토 증세까지 온다. 곁에서 다른 사람이 그럴 때 내 얼굴을 보면 뇌렇다고 한다. 그러니 차 안에서 책 한 줄이라도 읽겠는가. 곤욕을 치르는 것이다.

　젊었을 때는 이런 나를 두고 친구들이 열 달을 채우지 못하고 나왔느냐고 놀렸다. 그럴 때 나는 세상 돌아가는 모습이 어지러워서가 아니겠냐고 세상에 탓을 돌려보기도 했다.

나는 날마다 죽노라

추어탕은 미꾸라지를 재료로 갖가지 양념을 넣고 얼큰하게 끓여 만든 음식이다. 사람들은 이것을 보양식 또는 별미로 여기고 먹는다. 그런데 미꾸라지에 대한 인식은 별로인 것 같다. 같이 행동해야 하는 공동체 안에서 책임을 회피하기 위하여 슬 그머니 자리를 비울 때 미꾸라지처럼 빠져나간다고 한다. 그뿐 아니라 온 방죽을 미꾸라지 한 마리가 흐려 놓는다는 속담도 있다. 이는 미꾸라지가 공동체 안에서 해서는 안 되는 행동을 하는 것으로 묘사되는 예다. 책임을 같이 져야 하는 자리에서 무책임하게 자기만 빠져나가고, 화합을 이루어야 할 자리에서 분위기를 흐려놓는 행동은 정말 버려야 할 불쾌한 일이다.

그러나 그런 미꾸라지라도 음식으로 만들어지면 별미가 된다. 죽어서 바스러지고 자기 형체를 잃어버리니까 맛을 내는 것이다. 마치 소금이 녹아야 자기 본래의 짠맛을 내는 경우와 같다.

나의 무책임한 행동, 공동체의 분위기를 흐리는 행동은 나의 형체가 없어질 때 비로소 참 맛으로 돌아오는 것이다. 지금까지 미꾸라지로 살아왔는가? 내가 죽어야 한다. 바스러져야 한다. 그래야 공동체가 살아난다. 바울 사도는 "나는 날마다 죽노라"고 고백한 바 있다. (고전15:31)

추어탕에는 미꾸라지가 없다
어려운 일 만나면 미끄럽게
이리저리 잘도 빠져나간다고 눈총받던 녀석
저 혼자만 들어가도 온 방죽 흐려놓더니

오늘은 내 앞 뚝배기에 갇혀

헤어나지 못하고

뼈와 살점이 다 바스러져

진하게 흐려놓은 국물

흐물흐물 삶아지고 고아져

헌신하고 맛을 낸

추어탕에는 미꾸라지가 없다

– 추어탕 –

문득 엘리베이터 안에서

과학의 발달은 생활의 편리를 가져다주었다. 고층 건물을 지어놓고 올라다니는 데 힘이 들지 않는다. 엘리베이터 때문이다. 어느 날 나는 집으로 들어가는 엘리베이터 안에서 문득 엉뚱한 생각을 했다. 버튼 한 번 누르면 집 앞에까지 실어다 주는 엘리베이터. 아, 천국도 그렇게 가겠구나. 믿음만 있다면 내 노력이나 수고나 공로가 없어도 주님의 은혜로.

나는 아파트 14층에서 산다

엘리베이터를 타고

14라고 쓰인 버튼을 누르면

신기하게 올라가 14층에서 문이 열린다

엘리베이터를 탈 때마다

나는 생각한다

'천국'이라고 쓰인 버튼만 누르면

신기하게 나는 올라가게 될 거야

내 힘 하나도 들이지 않고

나는 거기 천국에 도달할 거야

14의 버튼을 누르면 14층에 올라간다는

도대체 그 믿음은 언제부터 생겼을까

나는 그런 확신으로 천국에 갈 거야

해가 지고 깜깜한 밤에

내가 엘리베이터를 타고 14층에 내려

방문을 활짝 열면

방안의 전등불보다 더 환한 얼굴로

나를 맞는 가족보다 더 밝은 미소로

나를 맞아주는 분들을 만날 거야

엘리베이터 타고 내 집 올라가듯

천국에 올라가면

– 엘리베이터를 타고 올라가듯 –

자전거 타기

간밤에 눈이 내렸다. 기분 좋은 아침이다. 그러나 서울 시내는 그 기분을 오래 지탱할 수 있도록 도와주질 못한다. 교통사정과 연결시키면 곧바로 걱정부터 앞선다. 아닌 게 아니라 자전거를 타고 출근하는데 어느 곳은 이미 유리처럼 매끄러워져 있다. 먼저 달려간 차량들이 그렇게 다져 놓은 것이다.

이렇게 되면 주변이 아무리 아름다워도 돌아다볼 여유가 없다. 미끄러지지 않으려면 긴장해야 한다. 핸들을 잡은 손에 힘을 주고 페달을 부지런히 밟되 가급적 직선으로 가야 한다. 빙판에서는 조금만 방향을 틀어도 바퀴가 미끄러지기 때문이다.

이럴 땐 괜히 자전거를 끌고 나왔다고 후회해서는 안 된다. 두려워해서도 안 된다. 기왕에 나왔는데 후회하면 무엇하겠는가. 오히려 담대한 마음으로 그러나 조심스럽게 목적지까지 가야 한다.

우리의 신앙생활이 어쩌면 빙판길을 달리는 자전거 타기와 비슷하지 않을까. 아무리 위험하게 느껴지는 길을 갈지라도 두려워하거나 염려해서는 안 되는 것이 신앙이다. 두려움에는 형벌이 있고(요1서 4:18) 성경에는 '두려워하지 말라'는 말씀이 366번이나 기록되어져 있다.

이는 매일매일 담대하게 살라는 뜻이라고 해석하는 분들도 있다. 1년 365일에 4년마다 한 번씩 돌아오는 366일까지 고려해서 하나님은 매일 두려워하지 말라고 격려하신다는 것이다. 과연 우리가 늘 하나님과 동행한다고 믿는다면 두려워할 필요는 없다.

페달을 계속 밟아야 자전거가 멈추지 않는 것처럼 우리의 신앙의 페달도 계속 밟아야 한다. 멈춤이 곧 넘어짐이 아닌가. 신앙생활엔 쉼도 후퇴도 있어서는 안 된다. 롯의 처는 뒤돌아보았다가 소금기둥이 되고 말았다. 뒤돌아보지 말고 부단히 앞만 보고 가야 하는 이유가 거기에 있다.

미끄러운 길일수록 곧게 가야 한다. 좌로나 우로 치우치지 말아야 하는 것도 신앙생활과 같다. 주변의 아름다움에 눈길을 주다가 유혹에 넘어가 실족할 수도 있다. 세상은 우리 눈으로 보기엔 매우 화려하지만, 그 겉의 번지르르한 화려함에 시선을 빼앗기면 경건 생활에 지장이 생긴다. 그리스도만 바라보고 가야 한다.

새해가 밝았다. 소망의 새해다. 자전거를 타고 씽씽 달리듯 신앙의 길을 달려야 한다. 그러나 우리는 언제든지 속력보다는 방향을 먼저 고려해야 한다. 아무리 열심히 달려도 방향이 잘

못되면 무모한 열심이 되기 때문이다. 그리스도를 향한 분명한
목표라면 은혜의 손이 우리를 인도할 것이다.

　하나님은 백지와 같은 새해를 우리에게 선물로 주셨다. 그 위
에 어떤 그림을 그릴까? 주님 앞에서 회계하는 날, 좋은 성적표
를 내놓기 위해서는 하루하루를 지치지 않게 그러나 최선을 다
해 달려야겠다.

　　두려워 말고

　　페달을 밟아야 한다

　　놀라지 말고

　　부지런히 밟아야 한다

　　멈추면 넘어진다

　　뒤돌아보지도

좌우로 치우치지도 말고

앞만 보고 달려야 한다

해찰하면 유혹 많은 세상

비록 좁을지라도

그 길이 험난할지라도

방향을 바꾸지 말자

언제나 방향은 속력보다 중요한 것

신앙은 자전거 타기

목적지에서 비로소 면류관을 받는 것

- 자전거 타기 -

기다림의 계절

올해도 한 해가 끝자락에 걸렸습니다. 한 장 남은 달력도 절반은 과거가 되었습니다. 이맘때쯤이면 누구나 한번은 세월이 참 빠르다는 느낌을 갖게 되겠지만 살아갈 날보다 산 날이 많은 사람은 더욱 그럴 것입니다.

옛날 어떤 사람이 말하기를 "젊어서는 희망으로 살고 늙어서는 추억으로 산다"고 했다는데 나는 아직 추억 쪽보다는 희망 쪽에서 살고 싶습니다. 새해에 대한 꿈도 꾸고, 욕심이라고 비난받지 않을 만큼의 기대와 설레는 뭔가의 기다림도 하나쯤 있었으면 좋겠습니다.

그래서 성탄과 연말연시를 앞둔 지금을 기다림의 계절이라고 이름해도 크게 잘못됐다고 핀잔은 받지 않을 것 같습니다. 한 해를 정리하고 새로운 해를 계획하면서 설레는 희망으로 그 새 해를 맞을 수 있다면 그것이 곧 행복 아닐까요. 그런 의미에서 성탄절이 연말에 있다는 것도 얼마나 다행인지 모르겠습니다. 오신 예수님도 영원한 소망이었지만 오실 예수님도 영원한 우리의 소망이기 때문입니다.

이때쯤이면 지독한 기다림의 사람들 얘기가 생각납니다. 아셀지파 바누엘의 딸 선지자 안나. 그녀는 출가한 후 7년 동안만 남편과 결혼 생활을 하고 그 이후로는 쭉 과부가 되어 자그마치 84년이란 긴 세월을 성전을 떠나지 않고 금식하며 기도함으로 섬기다가 드디어 사모하던 아기 예수를 만나는 감격을 맛보았다고 합니다. (눅 2:36~38)

의롭고 경건하게 살았던 예루살렘의 시므온이라 하는 사람은 이스라엘의 위로를 기다렸습니다. 그는 성령으로부터 그리스도를 보기 전에는 죽지 아니하리라는 지시를 받았는데 과연 성전에서 부모의 품에 안겨온 아기 예수를 만나게 되었습니다. 시므온은 감격하여 그 아기를 안고 하나님을 찬송했습니다.

주권자이신 주님,

이제는 약속하신 대로

이 종을 놓아주셔서

내가 평안히

떠날 수 있게 되었습니다

내 눈으로 직접 본

주님의 이 구원은

모든 사람에게 베푸신 것으로

이방인들에게는 계시하시는 빛이요

주님의 백성 이스라엘에게는

영광된 것입니다. (눅 2:25~32)

　약속된 일에 대한 기다림은 결코 허무한 것이 아닙니다. 주님의 호령과 천사장의 소리와 하나님의 나팔은 과연 언제나 울려올까요? (살전 4:16) 한 해의 시작이 있으면 이렇게 마무리를 지어야 할 때가 있는 것처럼 창조가 있었으니 종말이 있는 것도 당연하지 않을까요? 수많은 사람들이 "하늘로 가심을 본 그대로 오시리라"는 약속을 믿고 기다리다가 떠났지만 그래도 약속은 약속이니 지치지 않고 기다려야 하겠습니다. (행 1:11)

목이 마릅니다. 다시 오실 주님을 기다리는 것이 우리에게 있어서 최대의 소망이지만 지금은 분위기 있는 찻집에 누군가와 마주 앉아 따끈한 차 한 잔에 취해보고 싶습니다. 영원을 얘기해도 좋고, 눈 내리는 시골 길을 걷던 평범한 이야기를 나누어도 좋을듯 싶습니다. 아니면 눈 내리는 날, 어깨를 나란히 하고 걸으면서 어느 고즈넉하게 깊어가는 밤 찻집에서 따끈한 커피 냄새에 취했던 이야기를 하든지.

나이도 먹을 만큼 먹은 사람이 그 무슨 주책이냐고 책하지 마십시오. 아무리 바쁘게 돌아가는 세상이요, 세월일지라도 조금은 여유를 가지고 기다리며 살고 싶습니다.

하루를 마감하는 밤이 오면

맺는 것이 아니다

069
·
기다림의 계절

새로운 날을 준비하는 것이다

한 해를 마무리 한다고

제야의 종소리가 울리는 것은

새해가 온다는 신호다

졸업을 한다는 것은

다 마쳤다는 게 아니다

다음 단계는 좀 더 깊으리라

죽음은 새로운 시작

신비로운 세계로 나아가는 관문

맺는다는 것은

묶어 놓는다는 뜻이 아니다

새롭게 시작하는 것이다

아, 언제나 기대되는 새로운 세계

- 맺는다는 것은 -

우린 서로 미안하다

　내가 시무하는 교회 앞에 내과와 소아과를 진료하는 의원이 있었다. 이름하여 '제세 의원'인데 원장님은 이웃 교회의 은퇴 장로님이셨다. 연세가 70을 넘었다는 얘기가 된다. 내가 거리가 가까운 탓에 급하면 찾아가는 의원이었다.

　이제는 연세 때문이시겠지만 원장님은 평일에도 오전 진료만 하고 있었다. 나는 감기 기운으로 열이 나거나 기침과 가래가 끓어서 더 이상 견디기 어려울 즈음이 되면 찾아갔다. 원장님은 교회는 다르지만 같은 신앙인이라는 동질성 때문일 것이었다. 나를 친절하게 대해 주실 뿐 아니라 진료비조차 받지 않으셨다. 내가 목회자라는 이유로 그런 대접을 받았다. 내가 그게 아니라고 해도 끝내 받지 않으셨다.

그러면서 내 건강에 대해서는 진심 어린 염려를 해 주셨다. 감기에는 특효약이 없는 거라면서 최선책은 피곤치 않도록 쉬어야 한다고 권했다. 그러나 견디기 어렵게 되면 몰라도 목회자가 언제 할 일 놓아두고 편하게 쉴 수 있는가. 원장님은 내 사정을 훤히 알기 때문에 당신이 빨리 못 고쳐주는 걸 미안해하시는 것 같았다. 그러면 내 입장은 또 어떻게 되겠는가. 아픈 몸을 보여 드리는 게 여간 죄송한 게 아니었다. 빚만 지고 사는 미안함과 죄송한 마음이 되는 것이었다.

참을 만큼 참다가

더 이상 가래, 기침을 견딜 수 없어

제세 의원에 가면

"저런, 감기에는 약이 없는데

그냥 쉬셔야 하는데, 쉴 수가 있나?"

내 사정을 너무 잘 아는 의사 선생님은

진찰을 하기 전에 걱정부터 한다

감기에 약이 없는 것이 마치

자기 책임이나 되는 양

죄송해 하는 마음 앞에서

어쩔 수 없이 나는 죄인이 된다

왜 괜히 감기는 걸려

남을 걱정시키는가, 죄송하다

진료비도 받지 않고 그냥 보내는 의사 선생님

에라, 궁둥이 드러내놓고

따끔하게 주사나 한 대 맞아라. 이놈!

- 우린 서로 미안하다 -

꺼먹돼지의 생

돼지는 15도 이상 머리를 들 수 없으므로 평생 하늘을 보지 못하고 산다고 한다. 내가 어렸을 적에 집에서 키우던 돼지는 돼지 막에 갇혀서 구유에 먹을 것을 주면 먹고 잠들거나 배설하는 일이나 할까, 참 무료하게 보내는 가축이었다.

소는 주인과 함께 일하고 닭은 알을 낳아 주어서 푼돈이라도 만지게 할 뿐 아니라 그 알로 빈약한 식탁에 반찬거리를 제공해 주었다. 개는 낯모르는 사람이 오면 컹컹 짖어서 도둑을 막아주는 일을 하면서 사랑을 받았다.

그러나 돼지는 하는 일이 없었다. 지저분해서 애완용으로 끌고 다닐 수도 없다. 배고프면 고래고래 소리 지르고 먹을 것을 가져다주면 먹으면서 살만 찌면 되었다. 바깥세상이 어떻게 생겼는지 관심 가질 필요도 없고, 거기에 누가 사는지 궁금해할 필요도 없었다. 그러니 하늘에 무슨 관심이 필요하겠는가. 돼지가 하늘을 볼 기회는 일생에 단 한 번 있다고 한다. 잡혀 죽을 때, 네 발목이 묶이고 칼로 멱을 딸 때 겨우 한 번.

나는 집에서 키우는 것을 봤기 때문에 당시 돼지의 일생에 대해서 비교적 잘 안다. 아버지는 장에 가서서 돼지를 사 가지고 구럭에 담아오셨다. 돼지막 한쪽에 볏짚을 깔아주고 구유에 쌀뜨물(우리는 구정물이라 했다)을 부어주고 그 위에 겨를 얹어주었다.

그리고 이 돼지가 식성이 좋을까 하는 것이 최고의 관심사였다. 어떤 녀석은 고래고래 소리만 지를 줄 알았지 식성이 안 좋아서 살찌는 게 여간 더딘 게 아니었다. 그래서 퍽퍽 잘 먹으면 흐뭇해 하셨다. 돼지야 먹을 것 잘 주면 그냥 좋겠지만, 사람이 먹이를 잘 주는 이유가 무엇이겠는가.

그렇게 2~3년 키우면 이제는 제값을 해야 한다. 그 제값이라는 게 돼지에게는 몸뚱이밖에 없다. 저울에 달려서 무게 나간 만큼 돈으로 환산하여 받고 팔든지, 그 집안의 잔치에 잡혀서 고기로 제공되든지 하는 일밖에 없었다.

돼지 잡는 날이 되면 이웃집 어른들이 협력해 주었다. 칼을 썩썩 갈아놓고 산 채로 앞뒤 발을 모아 묶었다. 그리고 목에 칼을 찔러 맥을 먼저 땄다. 그러면 지르던 소리도 나오지 않고 돼지는 헛김과 함께 선지피를 쏟기 시작했다. 그걸 받아내고 이제는 끓인 물을 몸에 부어 면도하듯 털을 밀어낸다. 당시에는 그 털도 엿장수들이 사 갔다. 그리고 나면 머리와 목을 자르고 배를 열어서 내장을 적출한 다음 앞다리, 뒷다리 부위를 적당히

잘라서 잔치 음식으로 사용하면 되었다. 그때 우리 조무래기들에게 빼놓을 수 없는 추억은 돼지 오줌깨를 얻어서 축구공으로 사용하던 일이다.

　나는 아무것도 모르고 주는 먹이만 탐하다가 결국 살만 찌고 어느 날 주인에 의해서 잔인하게 죽어가던 돼지들을 생각했다. 그리고 사람도 자칫 돼지 같은 생을 살 수 있겠다는 생각도 하게 되었다.

　자유의 고마움도 모르고, 하늘을 쳐다볼 줄도 모르고, 예술이니 문화니 하는 것도 모르고, 천부인권도 모르고, 오직 먹을 것과 육신적 쾌락만 좇다가 죽는 인생이라면 얼마나 비참하고 서글픈 일인가.

078
·
전춤문의 이야기가 있는 詩 ❸ - 조금만 쉬었다 가세

장에 나갔다가 주인은

큰 맘 먹고 한 장 부스러트려 나를 구럭에 담아

　왔다

내 이름은 꺼먹돼지, 주인의 마음은 흐뭇했다

이제부터 너는 이 안에서 살아야 한다

우리 안에 가둬놓고 주인과 나는 한울타리 안

　에 살게 됐다

배고프면 고래고래 소리 지르는 것이

배고파도 참으면서

왜 여기에 갇혀 살아야 하는가

고민하며 말라비틀어진 놈보다 낫다고

저놈의 새끼 웬 소리냐고 핀잔하면서도

뜨물에 겨 풀어주면, 주는 대로

고개 쳐들지 않고 퍽퍽 먹어대는 날 보고

주인은 흡족해하고, 나는 적당히 살만 찌면 되
  었다

새 소리, 바람 소리 들을 필요 없고

화단에 꽃이 피든, 마당에 눈이 내리든 상관없이

마음 편히 지내던 어느 날

친절하던 주인이 강제로 내 발목을 묶고

목에 시퍼런 칼을 들이댈 때에야

잔칫날이 무슨 날인가를 알게 되었고

그동안 주인이 왜 그렇게 친절했는지도 알 것
  같았다

위에 하늘이 있다는 것

결박당한 채 누워, 처음으로 보는 순간

속았다는 것보다 내 무기력함이 서러워

아, 푸른 하늘, 푸른 하늘이 서러워

처음으로 배고프지 않은데

고래고래 소리를 질러보았다

생똥까지 싸면서

- 꺼먹돼지의 생 -

꺼먹돼지의 생

개 같은 놈!

우리 사회에는 '개 같은 놈!'이라는 욕설이 있다. 개를 좋아해서 애완용으로 키우는 사람이 들으면 유감이겠지만 사람이 사람답지 않을 때, 특별히 부도덕한 행동을 하는 사람에게 퍼붓는 욕설이다. 어떻게 되어가는 세상인지 요즘엔 개만도 못한 행동을 하는 사람들의 얘기가 종종 들려서 그런 사람들과 같은 하늘 아래서 산다는 것이 부끄러울 때가 있다.

의붓아버지가 어린 딸을 오래전부터 성폭행을 했다느니, 자기 욕구를 절제하지 못하고 반항하는 여인을 토막 살인해서 유기 했다느니, 자기를 낳아주고 길러준 부모가 용돈을 주지 않는다고 집에 불을 지르거나 행패를 부리고 심지어 죽이기까지

했다느니 하는 패륜아들이 저지르는 듣고 보기가 거북한 사건들이 거의 하루도 거르지 않고 일어나는 것이다.

　어떻게 그 부끄러운 사건들을 입으로 다 말할 수 있겠는가? 말할 가치조차 없다. 사실 내가 이런 글을 쓰는 것도 바람직하지 않을 수 있다. 그럼에도 굳이 쓰는 이유는 어느 날, 아래와 같은 시를 써 놓았기 때문이다. 아마 그때도 어떤 부도덕한 사건을 보고 썼을 것이다.

　개가 네 뒤를 따를지라도
　너는 개 따라
　개의 길을 걷지 말라

개가 개처럼 산다고 나무라지 말고

너나 개처럼 살지 말라

개는 평생 개의 길을 갈 것이고

너에겐 너의 길이 있나니

돌아서라

사람의 길이 아니라면

- 사람의 길 -

우리 주변에 이런 우스갯소리가 있다. 아는 사람은 다 아는 얘기고 또 그냥 잠시 웃자는 얘기지만 조금만 깊이 생각하면 그냥 웃고 넘기기엔 아까운 게 숨겨져 있기도 하다. 개하고는 달리기 경주를 하지 말라는 것이다. 왜냐하면, 개하고 나란히 달리면 '개 같은 놈'이 되고, 개한테 뒤떨어지면 '개만도 못한 놈'이 되고, 개보다 앞서 가면 '개보다 더한 놈'이란 소릴 듣기 때문이라고.

개에게는 개의 길과 삶의 방법이 있고 사람에겐 사람의 길과 삶의 방법이 있다. 개야 애초부터 사람의 길을 걸을 수 없는 것이지만, 사람이 사람의 길을 버리고 개의 길을 걸어서 되겠는가.

·

개 같은 놈!

돼지 새끼와 개새끼

송아지는 소가 낳은 새끼

망아지는 말이 낳은 새끼

어여쁜 이름 병아리는

달걀에서 부화된 닭 새끼

돼지야

너는 새끼를 낳아도 왜 이름이 없니?

동아지라 해도 좋고, 동아리라 해도 괜찮은데

왜 돼지 새끼니?

소가 낳으면 송아지

말이 낳으면 망아지

달걀에서 부화된 닭 새끼는 병아리

개야

강아지라는 네가 낳은 새끼 이름 두고

사람들은 왜 개새끼라 부른다니?

걸핏하면 저희들끼리도

개새끼!

- 돼지 새끼와 개새끼 -

돼지는 새끼 이름이 별도로 없다. 그냥 돼지 새끼다. 그러나 개는 강아지라는 별도의 새끼 이름이 있다. 그래도 사람들은 강아지라는 귀여운 이름을 두고 개새끼라고 부르기를 좋아한다. 기분이 나쁘면 사람에게도 곧잘 붙인다.

그러고 보면 우리 사회엔 무위도식하면서 지저분한 돼지 새끼도 많고, 개새끼도 많다. 아니다. 돼지는 죽으면서 자기 온 몸을 고기로 내놓는다. 돼지 새끼만도 못한 사람들의 행동이 무섭다.

나는 왜 그런 재주가 없을까

돈이 얼마나 필요한 것이고, 편리한 것인가를 정상적인 성인으로 모르는 사람은 없다. 그래서 궁핍을 심하게 당해 본 사람은 돈이 곧 행복이라고 여길 것이고 심지어 돈을 신(神)으로 여기며 사는 사람도 있을 것이다.

나도 돈의 위력과 편리함을 안다. 그럼에도 돈 버는 재주가 없다. 환율이니 주식이니 증권이니 하는 것에 대해 별 관심이 없고 경제 신문은 처음부터 펼쳐 들지를 않는다. 재미가 없다.

그런 내가 어떻게 큰돈을 만질 수 있겠는가. 하다못해 주변 슈퍼에서 생활용품을 구입하는 것도 누가 대신해 주었으면 좋겠다. 그래도 입으로 밥이 넘어가고 지갑 속에 몇 푼의 돈을 집어넣고 다닌다는 게 스스로 생각해도 신기하다. 집사람은 이런 나를 두고 물정을 모른다고 핀잔한다. 세상살이에 부적합하다는 뜻일 것이다. 아마 내 이런 모습이 자기에게도 많이 불편할 것이다.

   그런데 이런 나에게 유혹하는 연락들이 자주 온다. 전혀 알도 사도 모르는 사람들이 큰돈을 만져보라고 연락을 주는 것이다. 고맙지만 난감하다. 재주도 없고 용기도 없는 내가 거절할 수밖에 없다. 그런 전화가 자주 오면 짜증이 난다.

   담보 없이 5천만 원 즉시 대출받을 수 있다고
   휴대폰으로 문자가 왔다
   내 신용을 어떻게 알았을까

내가 돈 필요한 건 또 어떻게 알고

내 속을 들여다보는 그 눈매가 매섭다

나는 매서운 것이 싫어

이 사람아, 그런 돈 얻어서 할 일은 내게 없다네

삭제를 누른다

부동산에 투자하면 단시간에 큰돈 벌 수 있다고

사무실로 전화가 왔다

내가 그런 일에 재주 없는 줄 모르고

내가 돈 없는 사람인 줄도 모르고

내 속을 들여다볼 줄 모르는 그 눈이 둔하다

나는 둔한 것이 싫어

이 사람아, 그렇게 쉬 벌리는 일이 어떻게 내 차

지가 되겠는가

전화를 끊는다

그래서 나는 어리석지

담보 없이 5천만 원 대출받아

부동산에 투자하면 금방 큰돈 만질 텐데

나는 왜 그런 재주도, 용기도 타고나지 못했을까

- 나는 왜 그런 재주가 없을까 -

친구

많은 친구를 두었다는 것은 얼마나 좋은 일인가. 그러나 반드시 많은 친구가 필요한 것일까? 나는 참 친구 사귀기가 어렵다.

친구 사귀는 것도 재주겠지

나는 도무지 사귄다는 게 어렵다

넉살이 좋지 않아서일까

붙임성이 없어서일까

한참 누군가와 얘기 나누다가도

뜬금없이 떠오르는 생각

지금 이 사람이 내 친구인가

신실한 친구 한두 명만 있었으면 좋겠다

내가 친구라고 부르기 전에

먼저 친구라고 불러주는

저 사람이 친구로 여기지 않는데

나 혼자만 그를 친구로 여기는가가 두렵다

불쑥 찾아와

다짜고짜 나를 친구로 삼아주신 분처럼

나 위해 자신을 버리신 분처럼

그런 친구는 없을까

내가 그런 친구는 될 수 없을까

- 친구 -

기쁠 때, 시기나 질투의 맘 전혀 없이 자기 일처럼 기뻐해 주는 친구, 외롭고 슬플 때 진정 자기가 당한 것처럼 위로가 되어 주는 친구, 나아가서 생명까지라도 서로 양보할 수 있는 그런 친구를 가졌다면 분명 그는 행복한 사람이다. 그러나 그런 친구가 내게 없다면 내가 아직 남에게 그런 친구 역할을 하지 못했다는 증거가 아닐까.

우리에게는 친구 되자고 자원해서 찾아오신 분이 있다. 우리의 허물을 덮어 주시기 위해서 우리의 모습으로 오시고, 우리와 동등한 친구가 되시기 위해서 영광스런 보좌를 버리며 하나님과의 동등됨을 포기하신 예수 그리스도. 의인을 위하여 죄인이 죽기도 쉽지 않은데 하물며 경건치 않은 죄인을 위하여 십자가를 지신 그리스도 예수. (롬5:6~7) 우리를 살리기 위해서 죽은 자 가운데서 첫 열매로 부활하시고(고전15:20) 승천하시어 지금도 보좌 우편에서 우리를 위하여 기도하시는 예수 그리스도. (롬8:34) 그분은 말씀하셨다.

"사람이 친구를 위하여 자기 목숨을 버리면 이보다 더 큰 사랑이 없나니 너희는 내가 명하는 대로 행하면 곧 나의 친구라."
(요15:13~14)

친구가 많다면 얼마나 좋겠는가. 그러나 반드시 많은 친구가 필요한 것은 아니다. 단 하나의 친구라도 신실하기만 하다면야. 우리에게 생명을 주신 예수 그리스도는 언제, 어느 상황에 찾아가도 반가이 맞아주시는 우리의 영원한 친구가 아닌가.

그리고 그런 친구를 원한다면 내가 먼저 그런 친구로 다가가 보자.

충분히 행복할 자격

행복을 원하지 않는 사람은 없다. 무엇을 행복으로 아느냐가 다를 뿐이다. 행복이 무엇일까? 불행하지 않은 것이다. 그렇다면 불행이 무엇인가? 자기 삶에서 의미를 찾지 못하는 게 아닐는지. 그런 사람은 소망이 없다. 그래서 원망과 불평을 입에 달고 사는 사람이요, 한숨이 저절로 입술을 빠져나오는 사람일 것이다.

그러므로 보통 사람은 순간순간을 행복하게도 살고, 불행을 느끼며도 산다. 살맛이 나는 순간에는 행복하고, 살맛이 없으면 불행하다. 또한, 긍정적인 사고를 가지면 행복이 찾아오고, 부정적인 생각이 들면 불행이 친구 하자고 찾아든다.

결국, 행복이나 불행의 실체는 규명하기 어렵다. 내가 느끼는 상태에 달려 있다고 봐야 할 것이다. 소유가 많지 않아도, 고달픈 현실 앞에서도 감사할 수 있다면 그는 누가 뭐래도 행복하지만 모든 게 넉넉하여 부족을 모르며 살아도 불평이 앞장서면 불행하다.

나는 행복하고 싶다. 아니 나는 지금 행복하다. 늘 감사하며 살다가 감사하면서 눈을 감고 행복의 나라로 갈 것이다.

불행이란 개념이 없다면

행복이란 실체도 있을 리 없지

그대 행복을 추구하는가

불행의 의미를 먼저 알라

낙심에서 찾아오는 것

원망과 불평의 친구

거기서 벗어날 수만 있다면

저절로 찾아오는 것

그 이름 감사

– 행복 –

　결국 행, 불행은 내 마음속에 있다. 맞다고 생각하면 범사에 감사하시라. 당신은 충분히 행복할 자격이 있다. 세상일이 내 맘에 들지 않는다고 짜증 내지 마라. 그런 일은 누구나 경험하거나 겪는 일이다.

야, 이놈들아!

복잡한 것이 싫다. 단순한 것이 좋다. 이런 현상을 사람들은 늙었다는 표징이라 했다. 그래서 그런지 건망증도 심해지고, 새로 나온 전자기기의 수많은 기능이 내게는 개 목의 방울같이 되었다. 스마트폰조차 실제로 사용하는 기능은 몇 가지가 안 된다.

시대를 알고 태어나는지 요즘 어린아이들을 보면 번개 같다. 나도 저렇게 민첩하다는 소리를 들었던 시절이 있었는데 이제는 어림도 없다. 행동이 스스로 생각해도 굼뜨다. 그러고 보니 어느새 머리가 희어졌다. 최신형이라고 나오는 것들은 조작은 커녕 쳐다보기만 해도 현기증이 난다.

지난날 문맹자 어르신들을 보면서 어쩌면 저럴까 하고 내심 비웃었던 일이 생각난다. 언제나 우리는 뒤떨어지지 않고 첨단을 달릴 수 있을 것으로 여겼던 철모르던 시절, 지금 생각하면 그 어리석음이 부끄럽다.

요새 젊은이들은 우리의 굼뜬 행동을 보면서 어설프다고 생각할지 모른다. 어쩌면 저들도 지난날의 우리들처럼 세월의 흐름도, 과학이 발달하는 것도 자신들이 늙어가는 것과 상관없는 일로 여길지 모른다. 새로운 시대에 자기들도 서서히 밀려나고 있음을 깨닫지 못할 수도 있다. 그러다가 어느 날, 내가 왜 이렇게 됐지 하고 놀랄지 모른다.

낫 놓고 기역 자도 모른다고

까막눈을 비웃었더니

이제는 컴맹이라고

무시를 당한다

너무 빨리 바뀌는 세상

어리둥절한 변화

따라갈 엄두를 내지 못하겠다

야, 이놈들아

아이들이 태어난다

너희에겐 없을 줄 아느냐

멸시받을 날

– 야, 이놈들아! –

제로섬 게임(zerosum game)

초등학생 정도면 능히 알 수 있는 상식, 그 하루는 밤과 낮으로 나누어진다. 그런데 그 밤과 낮의 길이가 항상 일정하지 않다. 길어졌다가 짧아지고 짧아졌다가 길어진다. 1년에 밤과 낮의 길이가 같을 때는 단 이틀밖에 없다. 춘분과 추분일 때이다. 춘분이 지나면 하루하루 낮이 길어진다. 그리하여 하지 절기에 이르면 1년 중 낮이 가장 긴 날이 된다. 물론 밤은 제일 짧은 날이 된다. 하지가 지나면서 차츰 밤의 길이가 길어지기 시작한다. 당연히 낮은 밤이 길어지는 만큼 짧아진다. 그러다 동지 절기에 이르면 낮이 가장 짧은 날이 된다. 제로섬 게임 같다. 매해 그런 현상이 반복된다.

결국, 길어졌다고 자랑할 게 못되고, 짧아졌다고 낙심할 바 아니다. 이런 점에서 인생의 한평생도 한 번쯤 생각해 봤으면 싶다. 낮과 밤의 길이처럼 일정하지는 않지만, 사람이 살아가다 보면 밤같이 어두운 때도 있고 낮같이 밝을 때도 만난다. 형통할 때도 있지만 곤고한 날도 온다.

성경이 말하지 않는가. "형통한 날에는 기뻐하고 곤고한 날에는 되돌아보아라. 이 두 가지를 하나님이 병행하게 하사 사람이 그의 장래의 일을 능히 헤아려 알지 못하게 하셨느니라." (전 7:14) 형통하다고 교만할 게 아니고 곤고하다고 낙심할 일 아니다. 언제 어떻게 바뀔지, 사람은 모른다. 적어도 밤과 낮의 자연 순환 이치가 그렇게 교훈해 주고 있지 않은가.

제로섬 게임(zerosum game)

동지 밤아, 가장 길어졌다고

자랑치 말라

춘분 지나면 하지 온다

하짓날아, 가장 길어졌다고

자랑치 말라

추분 지나면 동지 온다

산 날이 길어지면

살 날이 짧아지고

살 날이 짧아지면

나이만 쌓인다

길고 짧은 것 대보지 말자

짧은 것 있어서 긴 것 있다

긴 것 자랑치 말자

자기 본분 다하면 후회할 일 없으니

짧다고 낙심 말자

- 자랑할 게 뭔가 -

제로섬 게임(zerosum game)

쓰레기 제조 공장

　예수님은 바리새인과 서기관들이 당신의 제자들이 어찌하여 떡 먹을 때 손을 씻지 않느냐고 비난할 때, 입으로 들어가는 것이 사람을 더럽게 하는 것이 아니라 입에서 나오는 그것이 사람을 더럽게 하는 것이라 했다. (마15:2, 11)

　마음속에 쓰레기가 가득 들어있으면 쏟아내도 정결한 것이 나올 수 없다. 쓰레기만 나올 것이다. 악한 생각이나 악한 행동도 마음속에 악함이 있기 때문이다. 더러운 것을 함부로 버리는 것도 깨끗한 것이 담겨있지 않기 때문이요, 악한 말을 하는 것도 심성이 악하기 때문이다. 살인, 음란, 간음, 도둑질, 거짓 증언, 비방, 증오, 불평, 불만, 저주, 시기, 질투가 많은 것도 마음속에 평화와 감사와 사랑이 없기 때문이다. 그런 점에서 의인은 없고 사람은 정결하지 못하다. 그렇다면 사람은 구역질 나는 쓰레기 제조 공장인가.

사람은 쓰레기

쓰레기 제조 공장

살면서 만들어내는 생활 쓰레기

넘치게 먹고 남기는 음식물 쓰레기

부유물이 바다에서

떠다니다 가라앉듯

사람이 다녀간 자리라면 어김없이

버려진 쓰레기 정신

수려한 산천에 마구 버려

쓰레기장을 만든다

얼굴 안 보인다고 책임 없이 내뱉어 놓은

비겁한 쓰레기 글

컴퓨터만 열면 쏟아지고

입만 열면 튀어나오는

마음에 가득한 허접한 쓰레기

구역질 나는

쓰레기 제조 공장들이 사는 세상

버젓이 쓰레기가 활보하는 거리

- 쓰레기 제조 공장 -

엉뚱한 생각

추석이나 설 명절에
고향 찾아 떠난 사람들
되돌아오지 못하도록
길목을 꽉 막을 수는 없을까
거기 그냥 눌러앉아
정 누리며 살라고

떠날 사람 떠난 시내가 한산하다
복잡하지 않아서 좋다

그들은 거기서 좋고

나는 여기서 좋고

- 엉뚱한 생각 -

    설날이나 한가위 같은 고유 명절이면 고향을 찾아가는 차량 행렬이 도로에 정체 현상을 빚어놓는다. 각자의 생활 때문에 자주 오갈 수 없는 사람들이 명절을 맞아 고향을 찾아가 부모 형제를 만나고 조상에게 성묘도 하는 풍습이 아름답다. 정이란 무엇인가? 복잡하고 힘들어도 그것이 있으니까 살맛이 나는 게 아닌가. 그것 때문에 가족의 소중함을 알고 혈육의 기쁨도 나누고 누린다.

명절이 되면 나도 고향을 찾아 떠나야 하는데 부모님 모두 돌아가신 이후에는 더욱 게을러졌다. 목회 한답시고 부모님 살아계실 때도 잘 찾아뵙지 못했던 내가 부모님 돌아가신 뒤에 더 열심을 낼 일이 없는 것이다. 부모님 잃으면 고향도 잃는 것이다. 부모님이 곧 고향 아닌가.

　많이들 썰물처럼 빠져나간 시내가 한산한 느낌마저 든다. 복잡한 것보다 낫다. 그래서 엉뚱한 생각도 해본다. 떠난 그들이 그곳, 고향에서 정 나누며 오래 머물며 돌아오지 않는다면 여기는 쾌적한 곳이 되지 않겠는가.

지구여, 회전이 늦구려!

나는 중부전선에서 군대 생활을 했다. 지금에 와서 돌아보면 까마득한 옛날 이야기다. 우리 통신대에 박 병장이란 분이 있었다. 키는 왜소한 편이고 늘 교환대에서 전화나 연결해주는 교환병으로 근무했기 때문에 다른 병사와 달리 얼굴이 핼쑥했다. 제대가 까마득한 우리에 비해서 그는 고참병이었다.

지금도 기억나는 것은 그의 작업모 곁에 써놓은 글귀다. '지구여, 회전이 늦구려!'였다. 그는 달력에 동그라미를 쳐가면서 제대할 날을 기다렸다. 그러니 얼마나 하루하루가 지루했겠는가. 그러잖아도 왜소한 사람이 더욱 쭉쭉 마르는 것 같았다.

내 나이 또래였으니까 지금도 어딘가에 살아있을 것이다. 살고 죽는 것이 사람 마음대로는 아니므로 죽었을지도 모른다. 지금 살아있다면 반갑게 만나 뵀으면 좋겠다. 그러면 나는 꼭 이것을 물어보고 싶다. 그 멋진 글귀, '지구여, 회전이 늦구려!' 지금도 그 감정인가 하고.

아닐 것이다. 가는 세월이 아쉬울 것이다. 이제는 '지구여, 회전이 너무 빠르구려!'일 것이다. 속도는 항상 같은데 언제는 빠르고, 언제는 더디게 느껴지는 것이 시간이다. 성경은 말한다. "세월을 아끼라. 때가 악하니라." (엡5:16)

세월아 구보로 가자!
세월아 총알같이!
작업모 모퉁이에 써넣은

115
•

다른 병사들의 글귀를 보면서

박 병장, 당신은

같은 아픔을 고상하게 느끼고 있었다

지구여, 회전이 늦구려

병영생활을

인생을 갉아먹는 징그러운 기생충 정도로

청춘을 얽어매는 올무 정도로 여기던 시절

거기서 우리는

우리는 얼마나 벗어나고 싶었던가

벗어날 수 있는 길은 오직 세월

세월에 달려있다고 굳게 믿는 우리는

날마다 무료함과

전쟁보다 더 치열한 싸움을 하고 있었다

그놈의 세월이 얼마나 느려터졌던가

산산조각을 낼 수 있다면

아마 수류탄을 던졌을지도 몰라

박 병장, 당신은 지금도

지구의 회전이 더디다고 탓하고 있는가

세상이라는 이 격전지에서

얼마나 치열하게 싸웠는가, 그동안

산전수전 다 겪고 난 이 허허로운 벌판에서

저녁 해가 뉘엿뉘엿 지고 있는 지금도

점잖게 외치고 있는가, 박 병장

지구여, 회전이 늦구려 라고

- 지구여, 회전이 늦구려! -

지은이_ 전종문

주소_ ０１０８１ 서울특별시 강북구 덕릉로 63(수유동) 수유중앙교회

전화_ 02-991-3742

핸드폰_ 010-2377-3742

E-mail_ jesus4sy@hanmail.net